漂流詩人の唄

築秋雄詩集

Chiku Akio

ふらんす堂

はじめに

自分は奄美大島の名瀬（なぜ）と言うところで生まれたシンガーソングライターです。
十四歳の頃に詩らしきものを書き始め、十八で上京、二十八の頃、路上に出て歌い始めてから四半世紀以上の月日が経ちました。これはそんな自分が今までに書き、歌ってきた歌詞を中心に、初めて一つの詩集としてまとめてみたものです。だけど集大成的な歌本（うたほん）と言うわけではありません。未発表の自由詩などもかなり加え、一つの魂の漂流記として新たに配列し直してもいるからです。それは詩としてもこれは響くものなのか改めて挑んでみたく思ったからです。リングに立たなければＫＯすらされません。打ちのめされた果てに残るものこそが自分にとっての詩であるとするならば、恐れずリングに向かうのみ。迷わずリングに向かうのみ。

突進だ、たゞ突進だ！　そしたら個性も露はれよう。　（中原中也）

著者

目次

はじめに
序にかえて

I　インディペンデンス・デイ

14歳の詩(うた)／14　エーリュシオンの野へ／18　沈む東京／21
無意識はいつも幸福を求めている／25　インディペンデンス・デイ／28
俺は泳いで渡ったんだから／31　もう一人の俺／33　知りたいだけさ／36　漂流詩人の唄／41　また逢う日まで／44
愚かな偶像崇拝者の告白／46　やってみろよ！／51

II　デルフォイの神託を燃やして

航海詩／56　とある小さな劇場の隅で／61　デルフォイの神託を燃

やして／65　アンジェラ／69　暗闇の中を／72　レナ／75
楽園から遠く離れて／78

Ⅲ

洪水の後
洪水の後／84　アフロディーテの長い髪／90

Ⅳ

ロックンロール
ロックンロール／96　保護色人／99　俺がレコードを探す理由／101
カルチャー・ブギ／104　ユートピアン・ブルース／108
インターネット・ブルース／111　割れた鏡／116　Sweet Love Song
／119　アイリーン／121　きこえるかい?／125

Ⅴ

オリーブの樹を植えるため

オリーブの樹を植えるため／132　嵐の中で／135
幻想のフリーウェイ／138　無知の涙／141

Ⅵ　さよなら青い鳥

Goodby Bluebird～さよなら青い鳥／146　夏の夕暮れ／149
彼女は旅立ちの時をむかえていた／150　誰よりも誰よりも／153
愛しのC.f. ガール／157　好奇心／160　愛の鼓動／162

Ⅶ　エクソダス～脱出

ポジティヴ・ヴァイブレーション／166　ホーリー・マウンテン～聖地への旅／169　小さなことから始めよう／172　エクソダス～脱出／175
そこから出るんだ！／179　モービィ・デック／181
ステンドグラス・ソング／184

Ⅷ　希望の翼

大事なことは一つだけ／188　To You／191　ポップソング／196
ロスト・ジェネレーション（立ち上がれ！）／201　君が生まれた日／207
希望の翼／210　傷だらけのダイヤモンドリング／213

Ⅸ　永遠を見つけるために

永遠を見つけるために／218　二十一世紀のスパルタクス／225
銀色の記憶／227　絶対君は知っている／229　After the Outbreak～夜明け前／233
暗い森を抜けて～Beyond the Pandemic／236
Oh　ディライラ／239　インマヌエル／242　胡蝶の夢／246
武漢のバットちゃんのブルース／249　L. O. V. E. Peace Generation／253

Ⅹ　ダイナマイト！

ダイナマイト！／260　エヴァンジェリンの哀歌／265　晒し者／270
GLORY DAY／274　最後の夜は…／278

XI

今日ぬ誇らしゃや永遠にあらしたぼれ
飛翔のテーマ／282　アサバナロック／286
今日ぬ誇らしゃや永遠にあらしたぼれ／290

XII

ザ・リターン・オブ・ユリシーズ
自由の歌／294　アルバトロス／298　オリーブの園で／302
君のために歌をつくったのさ／305　ユリシーズの帰還／308

あとがきにかえて

後記

詩集

漂流詩人の唄

序にかえて

詩人は空の深さをうたう
必ずしも
大海（たいかい）を知る必要はない
ジャーナリストは
大海を知らねばならない
しかし、詩人にとって必要なのは
空の深さを知ることである

井の中の蛙（かわず）大海を知らず

されど空の深さを知る

詩人はけして
井の中の蛙たることを恐れてはならない
詩人が恐るべきものは
空の深さを知らないことである

ディレッタンティズムに蝕（むしば）まれることなかれ！
詩人は常に闘士である
荒れ野に叫ぶ一つの声である

君よ、恐れることなかれ
常に叫ぶ一つの声であれ

I インディペンデンス・デイ

14歳の詩(うた)

船を出そう
船を出そう
大陸へ渡るんだ
あの人も
言ってたよ
ここも昔は大陸だったって

大昔の話さ
ここは小さな島
みんな無気力で

あいつの言いなりさ
ここには自由が無い

自由って
知ってるかい?
俺は本で読んだことしか無いけれど
素晴らしい
ものなんだ
あの大陸にはその自由がある

きっとあるよ
自由を探しに行くのだから
自由を探しに
行くのさ

この島を出て

さぁ、もうすぐ
夜(よ)が明ける
見つからないうちに帆を上げよう
漕(こ)ぎ出そう
漕ぎ出そう
自由を探しに大海原(おおうなばら)へ

自由を探しに
大海原へ
La la la la la la la…

船を出そう

船を出そう
大陸へ渡るんだ
あの人も
言ってたよ
ここも昔は大陸だったたって

エーリュシオンの野へ

叫ぶ！
波をかきわけ
叫ぶ！
炎を浴びて
叫ぶ！
黄金の空へ

エーリュシオンの野へ
エーリュシオンの野へ
エーリュシオンの野へ

呻(うめ)く！
自由に溺れ
呻く！
自我に逆らい
呻く！
死にかけた月へ

エーリュシオンの野へ
エーリュシオンの野へ
エーリュシオンの野へ

誰も見たことの無い大陸を
誰も触(さわ)ったことの無い花を

黄金の矢に跨って
俺は探し続けるのさ！

エーリュシオンの野へ
エーリュシオンの野へ
エーリュシオンの野へ

※註　「エーリュシオンの野」とはギリシャ神話に伝わる死後の楽園のことで、
神々に愛された英雄たちの魂が暮らすとされる。

沈む東京

午前四時四十分に
始発のベルが鳴る
俺は頭を抱えて
奈落（ならく）の夢を見る
落書きされた塀の壁に
花が咲いている
俺は涙をこらえて
街をさ迷ってる

バイト仲間のムハンマドは
喰える肉を探し

俺は空を見上げながら
アッラーの笑みを聴く
団扇太鼓を叩いて
座り込む出家僧
俺は頭を叩いて
めり込むヴィジョンを問う

片言の日本語で
身の不幸を嘆くマリア
俺は息を止めながら
美しい瞳を覗く
だけどマリアは故郷と
イエスの愛を持ち
俺は空虚な未来と

空虚な自分だけ

吃音症（きつおんしょう）が治らない彼は
今日も歌い
俺は欠伸（あくび）をこらえて
彼の歌を口ずさむ
登校拒否を続けて
彼は時間（とき）を取り戻し
盗聴行為を続けて
奴は自分を取り替える

ジュンは世界革命戦争を
未（いま）だに信じてる
俺はメランコリーな論争で

暇をつぶしてる
愛は解脱(げだつ)を求めて
今日も瞑想の日々
俺は脚立(きゃたつ)を探して
今日もリペアの毎日

午前零時十五分に
終電のベルが鳴る
俺は頭を抱えて
無限の夢を見る
塗り替えられた塀の壁で
花が枯れている
俺は涙をこらえて
明日(あした)の空を飛ぶ

無意識はいつも幸福を求めている

深い闇の中
漂う意識は
忘れかけた光を
ただ追いかけようとする
わずかばかりの
木漏れ日(こもれび)さえ
身体中に
抱き寄せる
ただ無心に幸福を求め

朝の光の中
目覚めた君は
ほんの明かりにさえ
怯(おび)え震えてる
少しばかりの
微笑(ほほえ)みさえ
身体中から
振り払う
ただ無心に幸福を恐れ

春の肌寒い日に
旅立つ君は
深く埋(うず)もれた希望を
今、呼び覚まそうとする

一度限りの
さざ波さえ
身体中を
潤(うるお)すものさ
ただ無心に幸福を求め

インディペンデンス・デイ

卒業までの半年で永遠をつくろう
さぁ、今が過ぎてしまわないうちに
国を建てようよ
僕らの手で
pa pa-ru ru-la pa pa pa-ru ru-la
pa pa-ru ru-la ru-la
pa pa-ru ru-la pa pa pa-ru ru-la
pa pa-ru ru-la ru-la

激しい嵐の中でも固く抱き合えれば

そぉ、怖いものなんかないんだと
初めて気付いた
君と僕
pa pa-ru ru-la pa pa pa-ru ru-la
pa pa-ru ru-la ru-la
pa pa-ru ru-la pa pa pa-ru ru-la
pa pa-ru ru-la ru-la

今日はインディペンデンス・デイ
君のインディペンデンス・デイ
今日はインディペンデンス、インディペンデンス・デイ
oh-oh　oh-oh　oh～

僕らで創った国旗を縫い付けておこう

そぉ、きっと誰かが見つけ
歴史の書に記(しる)される
こともあるさ
pa pa-ru ru-la pa pa pa-ru ru-la
pa pa-ru ru-la ru-la
pa pa-ru ru-la pa pa pa-ru ru-la
pa pa-ru ru-la ru-la

俺は泳いで渡ったんだから

子供扱いしないでくれ
一人前に扱ってくれよ
yeah yeah yeah
子供扱いしないでくれ
一人前に扱ってくれよ
wow wow wow

俺も重荷を背負っているんだから
君の知らない重荷を抱えて
生きてるんだから

子供扱いしないでくれ
一人前に扱ってくれよ
yeah yeah yeah
子供扱いしないでくれ
一人前に扱ってくれよ
wow wow wow

俺もあの川を泳いで渡ったんだから
君も渡ったあの川を
俺は泳いで渡ったんだから

もう一人の俺

悪いことばかりするから
心の底に閉じ込めたのさ
もう一人の俺
もう一人の自分
もう一つのメロディ

嫌なことばかりするから
重い鎖（くさり）でつないだのさ
もう一人の俺
もう一人の自分
もう一つの叫び

でも、生まれた時は
そぉ、素直な奴だった

だけど俺は知っているのさ
こいつが本当の俺なんだと
もう一人の俺
もう一人の白分
もう一つのメロディ

でも、生まれた時は
そぉ、素直な奴だった

時には天を高く駆けめぐり

時には地獄をノロノロ這い回る
もう一人の俺
もう一人の自分
もう一つの叫び！　叫び！
叫び！

もう一人の俺
もう一人の自分
もう一つのメロディ
もう一人の俺
もう一人の自分
もう一つの叫び

知りたいだけさ

知りたいだけさ
別に愛してるわけじゃない
知りたいだけさ
別に信じてるわけじゃない
伝説はもう飽きた
知りたいだけ

泣きたいだけさ
別に悲しいわけでもない
泣きたいだけさ

別に嬉しいわけでもない
神話などもうイヤさ
泣きたいだけ

叫びたいだけさ
別に主張があるわけじゃない
叫びたいだけさ
別にイヤな奴のせいじゃない
幻想はもうムダさ
叫びたいだけ

触れたいだけさ
別にそれが欲しいわけじゃない
触れたいだけさ

別にそれを望むわけじゃない
代理はとうにバレた
触れたいだけ

愛したいだけさ
別に愛されちゃいないけど
愛したいだけさ
別に喜ばれはしないけど
憎むのはもうイヤさ
愛したいだけ

信じたいだけさ
別に君に言われたからじゃない
信じたいだけさ

別に夢が欲しいわけじゃない
理性は神話なのさ
信じたいだけ

育てたいだけさ
別に王になるわけじゃない
育てたいだけさ
別に搾取(さくしゅ)したいわけじゃない
破壊はもう真っ平さ
育てたいだけ

話したいだけさ
別に友達じゃないけれど
話したいだけさ

別に恋人でもないけど
君をもっと知りたいのさ
話したいだけ

知りたいだけさ
別に…
知りたいだけさ
別に…

漂流詩人の唄

街を蹴(け)って
大空に舞い上がって
雲を吐いて
カリオペにくちづけして
ペンを持って
目を閉じて
風を待って
夢から夢へ彷徨(さまよ)うホメロスみたいに
生きるのさ！

ラジオ消して
窓の埃(ほこり)を払って
道をつくって
ミノタウロスを殺して
ペンを持って
目を閉じて
波を待って
夢から夢へ彷徨うホメロスみたいに
唄うのさ！

人は俺を
漂流詩人と呼ぶ
人は俺を
哀れな負け犬(ルーザー)と呼ぶ

だけど俺は
ペンを持って
世界を砕いて
夢から夢へ彷徨うホメロスみたいに
叫び続けるのさ！

街を蹴って…
雲を吐いて…
ラジオ消して…
道をつくって…

また逢う日まで

二人でいると
すべて輝き出して
こう思ったよ
他には何も望むものなんかない
二人でいたら
笑いあえる
支えあえる
声をかけあえる
誇らしく
威厳に満ち

ああ…また逢う日まで

今度、生まれてきても
僕らはきっと
出会えるはずさ
この次はきっと幸せになれるように
だから忘れない
ささやかな
場所でいい
残しておこう
雨の日も
風の日も
ああ…また逢う日まで

愚かな偶像崇拝者の告白

君の中に永遠を探していた僕は
愚かな偶像崇拝者だった

君の中に永遠を探していた僕は
愚かな偶像崇拝者だった

遠くに浮かぶ入道雲のように
グラウンドを吹き抜ける旋風（つむじかぜ）のように
草叢（くさむら）にしゃがみ込む残照（ざんしょう）のように
それは

愚かなことだった

ソルヴェーグの歌をペール・ギュントは
本当に聴いたのだろうか？
沈みゆく夕陽をガリレイは
本当に眺めたのだろうか？
大地の広さを学者たちは
本当に知っていたのだろうか？
僕は一体君の何を知っていたのだろう？
その声か？
その眼差し(まなざ)か？
その匂いか？
その背丈(せたけ)か？
その性格か？

その微笑(ほほえ)みか？
その書体か？
その涙か？
そのスカーフか？

白く乾いたセメントの匂いが
僕の胃の腑(ふ)を絞り上げる
僕はどこかで君を青空か何かのように
思っていたのだ
時空を超えて変わらざるもの
決して揺るぐことのない岩
そう！　まるでこの大地や雲のように
つまりは僕は君のことを
何も何も

知らなかったのだ

永遠は君と共に奏でるべきものだったのに
僕は君に永遠を
ただ、押し付けてしまっていたのだ

永遠は飛び去った…！

そしてイメージの残骸だけが取り残された
そして〝死〟が生まれた
そして〝詩〟が生まれた

君の中に永遠を探していた僕は
愚かな偶像崇拝者だった

君の中に永遠を探していた僕は
愚かな偶像崇拝者だった

やってみろよ!

やってみろよ!
やってみろよ!
やってみろよ!
口先だけじゃなく
やってみろよ!
やってみろよ!
やってみろよ!
今、ぶちまけたことを
今、隠してることを

もしかしたら上手くゆくかもしれないじゃないか
惨めな思いをしてもそれはそれでいいだろ
だけど一つだけ手に入れたものがあるよね
前が見えるだろ
前が見えるだろ
よかったじゃないか
最高じゃないか
もう君は口先だけの人間なんかじゃないのさ

やってみろよ！
やってみろよ！
やってみろよ！
言い訳だけじゃなく
やってみろよ！

やってみろよ！
やってみろよ！
今、思ってることを
今、考えたことを

もしかしたら上手くゆくかもしれないじゃないか
引き裂かれるような思いをしても悪くないだろ
だけど一つだけ手に入れたものはあるよね
明日（あした）に会えただろ
明日に会えただろ
よかったじゃないか
最高じゃないか
もう君は言い訳だけの人間なんかじゃないのさ

やってみろよ！
やってみろよ！
やってみろよ！
口先だけじゃなく
やってみろよ！
やってみろよ！
やってみろよ！
今、ぶちまけたことを
今、隠してることを

II

デルフォイの神託を燃やして

航海詩

築　秋雄（チク　アキオ）
一九六六年　一二月二〇日
未明に誕生
日本国　奄美大島沖九十キロ
洗礼名　ペトロ

一九八〇年　十四歳
進水式
手探りの処女航海
泳ぎ始める

一九八二年　十六歳
無謀な操舵にて
大量に浸水
溺れ始める

一九八五年　十九歳
激しい浸水を無為無策のまま
放置
深い潜航に入る

一九八九〜九〇年　二十三〜二十四歳
大洋の中の孤島生活
夜明け前の暗闇

漂流
そして巨大氷山と遭遇
座礁
バラバラになる
一九九〇年　一一月一一日　二十三歳
奇跡的に再生
一九九四年まで　　～二十八歳
船体の再建
聖書および古典時代
一九九五年　　二十八～二十九歳
無人島を脱出

水面下のあがき

一九九六年　　二十九〜三十歳
ボーダレス水域へ突入
暴風雨を経て
虹を発見する

二〇〇〇年　九月一〇日　三十三歳
星をたよりに目指す孤島へ
漂着
初通信を試みる

二〇〇三年　　三十六歳
今、まだ大洋を漂う中

「独立記念日（インディペンデンス・デイ）」の起草、発信を決意

現在、サンマルタ島沖二千キロを航行中。

とある小さな劇場の隅で

とある小さな劇場の隅で
膝を抱えてうずくまる君は
古い映画の割れた画面を
傷口に塗るように
何度も繰り返し眺めていた

見上げればある本物の空より
スクリーンの中、浮かぶ青空を
食い入るように見つめている
遠い日の空だけが

渇きを癒やしえるかのように

ゴダールの言葉の中にだけ
君が求めた疑問があった
誰にも言えず、誰もわからず
気が付いた時には一人
迷子になっていたその闇が

スクリーンと言う光の舞台で
誇らしげに笑顔を見せている
君もつられて笑(え)みをもらした
その時、一筋(ひとすじ)の光が
闇を捕らえ連れ去ったのさ

ざわめいた世界の外にある…
Oh　幻（まぼろし）よ

書を捨てた君は町へ飛び出し
君の名前を大声で叫んだ
道行（ゆ）く人は目をそらした
君の中に生まれた光を
知るはずもなく足ばやに

無視され続けてきたその思い出が
いつの間にか君を包んでる
パックリと開（あ）いた傷口を
世界は君にだけ
打ち明けようとしているのだろう

Oh　幻よ
　ざわめいた世界の外にある…

やわらかな五月の空よりも
光に満ちた君の心は
空に浮かんだ雲を見つめて
君が育てたフィルムを
大空高く飛ばし始めていた…。

デルフォイの神託を燃やして

きっと何処(どこ)かに
俺の名前は
眠ってる
早く、早く
会いたいな
君は今、何処にいるの？
きっと何処かに
俺の記憶は
置いてある
大事に、大事に

置いてある
君は今、何処にいるの?

俺は今もさ迷う
デルフォイの神託を燃やしてただ一人

空が晴れたら
この海を
渡ろう
すぐに、すぐに
渡ろう
君は今、何処にいるの?
虹が見えたら
この歌を

歌うんだ
最後に、最後に
歌うんだ
君は今、何処にいるの？

俺は今もさ迷う
デルフォイの神託を燃やしてただ一人

ひどい嵐で
目をやられてしまった
何も、何も
見えないよ
君は今、何処にいるの？
叫び続けて

声もでなくなってしまった
誰も、誰も
振り向かない
君は今、何処にいるの？

俺は今もさ迷う
デルフォイの神託を燃やしてただ一人
俺は今もさ迷う
デルフォイの神託を燃やしてただ一人

※註　「デルフォイの神託」とは〝汝自身を知れ〟などの格言でも知られる古代ギリシャのポーキス地方、パルナッソス山の麓にあった聖域〝デルフォイ〟最古のアポロン神殿で下されていた権威ある神託のことで、逃れられない運命論のくびきを示す象徴。

アンジェラ

朝の光の中で
あの日の空を思い出す
傘のぬくもりの中で
僕らはひどく震(ふる)えてた
アンジェラ
アンジェラ
君は震えてた

夢の中で見る空は
なんと低く重いのか

雨の中で見る薔薇(ばら)は
なんと気高(けだか)く甘いのか
アンジェラ
アンジェラ
君は咲いていた

永遠(とわ)に咲く花のように
薄いベールに包まれた
ドアに囁(ささや)くその声は
もう二度と響かない
アンジェラ
アンジェラ
その声は響かない

アンジェラ
アンジェラ
その声は響かない

暗闇の中を

暗闇の中を
手探りで生きてきた
暗闇の中で
光に怯(おび)えてた
暗闇の中で
涙をこらえていた
そこには誰もいないのに

暗闇の中は
温かく冷たい

暗闇の中は
賑(にぎ)やかで寂しい
暗闇の中は
敵と味方で満ちていた
本当は誰もいないのに

なぜ?　なぜ?
鳥は空を見上げるのか
傷ついた翼広げても

なぜ?　なぜ?
雲は流れ続けるのか
傷ついた葦(あし)を折ることもなく

暗闇の中は
敵と味方で満ちていた
本当は誰もいないのに

暗闇の中を
手探りで生きてきた
暗闇の中で
光に怯えてた
暗闇の中で
涙をこらえていた
そこには誰もいないのに…。

レナ

レナ
君は暗闇の中で生まれた
レナ
誰も君の名を呼びはしなかった

街には幸福が
洪水のように溢れ
誰もが夢の中にいるかのようだったのに
噛み締める力さえ
無くした唇(くちびる)を

両手で隠してる
そんな君に重荷は背負わされた

レナ
君が夢見た黄金（きん）のピラミッドは
レナ
誰も壊すことは出来なかったよ

虹が街を彩（いろど）り
ソドムの賑（にぎ）わいと
バベルの幻（まぼろし）が嵐のように谷を覆う中
潰（つぶ）れた箱舟の
底で君が守った
小さな鳩だけが

未来の希望を探し当てたのさ！
レナ
誰も呼ぶことのない君の名を
レナ
僕は世界中に知らせるだろう

楽園から遠く離れて

世界はいつも
すました顔で
灰色の火を
浴びてるよ

破れた空に
かすれた声で
呼びかけている
僕らは

それでも
それでも
あの問いだけは
けして捨てはしなかった
そこには
そこには
大地を開く
扉がきっとあるから

世界は今も
すました顔で
灰色の火を
浴びてるよ

名前も知らぬ
幼子を抱いて
空を見上げる
僕らは

途切れた愛と
埋もれた夢を
思い出してる
かすかに

それでも
それでも
あの歌だけは

けして蹴(け)りはしなかった
そこには
そこには
十二の門を
照らす光があるから

名前も知らぬ
幼子を抱いて
空を見上げる
僕らは

※註　「十二の門」とは新約聖書黙示録第二十一章の〝天から下って来る新しいエルサレム〟の描写中にあるもので、聖なる場所への入口を象徴するもの。

Ⅲ

洪水の後（あと）

洪水の後（あと）

海が青いのは
空の青さを映しているから

心を水にしよう

心を水にすると
広々とした大海原（おおうなばら）にただ一人
空には大きな入道雲
眩（まぶ）しい陽射（ひざ）し
高層ビル

すべてが水の揺らめきの中に
反射している

どこまでも泳いでゆけるじゃないか
どこまでも漂ってゆけるじゃないか

この無限の宇宙の中の
焼け付くような至福と寂しさの中で
国境も
国家も
人種も
宗教も
砂漠も
山も

川も
断崖も
言葉も
歴史も
絶望も
間違いも
親も
教師も
恋人も
裏切りも
挫折も
そして
隣の猫も
ひとっ飛び

俺は小さな小さな箱舟となり
いつかあのアラトの山々に漂着するまで
この大海原を漂流するのだ

夜になると
プレアデスやアンドロメダの大星雲も
ビッグバンの瞬間（しゅんかん）も
すぐそこにあり
百億光年彼方の光から
かぐわしい月の光まで
宇宙のすべての時間（とき）に満たされる
星の誕生から
その死の直前の輝き
そしてブラックホール永劫（えいごう）の闇まで

そのすべての目撃者となる

朝には大空
さえぎるものなど何一つ無い無限の空間
夜には宇宙
天地創造からのすべての時間（とき）に満たされ
永劫の瞬間に包まれる
包まれる

さぁ、心を水にしよう！

そして生き残るのだ
生き残るのだ

そしていつか
洪水の過ぎ去った後(あと)
オリーブの枝をくわえ、辿り着く
一羽の孤独な鳩を
この手の中に
そっと優しく
迎え入れるのだ

アフロディーテの長い髪

Oh アフロディーテ
貴女(あなた)よりずっと
Oh あの娘(こ)を愛してしまったのです
美しさよりも
華(はな)やかさよりも
自然な眼差(まなざ)しに魅せられて

Oh アフロディーテ
貴女のかけらさえ
Oh あの娘のためにになら捨てるでしょう

アポロンの杖も
ヘルメスの謎も
今の僕にはガラクタでしかない

錆びついて壊れた箱は
南の海へ捨てよう
そして飛ぼうよ！
さらわれて狂った蝶は
南の海へ放とう

Oh アフロディーテ
貴女は今まで
Oh 僕の夢そのものでした
独りの時でも

涙あふれる夜も
貴女を思えば陽だまりの中

Oh アフロディーテ
だけど僕はずっと
Oh あの娘の愛を求めてたのです
貴女にはけして
わかることの無いもの
あの娘の愛をずっと求めてたのです

歪(ゆが)められ滲(にじ)んだ文字は
南の海で燃やそう
そして飛ぼうよ！
崇(あが)められ狂った偶像は

南の海へ捨てよう

Ah アフロディーテの長い髪が

巻きついて離れない…。

Ⅳ

ロックンロール

ロックンロール

街中(まちなか)で
奇声をあげりゃ
鉄格子(てつごうし)
街中で
叫び続けりゃ
檻の中

ロックンロールをやらないかい？
そうすりゃ思うぞんぶん叫べるさ
コード三つも覚えりゃさ

思いのまま
君が生まれた瞬間（とき）を思い出せばいい
君が生まれた瞬間（とき）を思い出せばいい

踊るの苦手なら　叫べばいい
ギター下手なら　叫べばいい
歌がひどけりゃ　叫べばいい
ルックス悪けりゃ　叫べばいい
叫ぶの苦手なら…

思い出せばいい

君が生まれた瞬間（しゅんかん）を
君がこの世に生まれた瞬間（しゅんかん）を

心がしぼんだ時
すべてをやめたくなった時

ロックンロールをやらないかい？
そうすりゃ思いのまま
君が生まれた瞬間(とき)を思い出せばいい
君が生まれた瞬間(とき)を思い出せばいい

ロックンロールをやらないかい？

保護色人（ほごしょくじん）

素直になると言うことは
例えば
アゲハの幼虫が保護色をやめる
と言うことなのだろう
本当は
啄（ついば）んで欲しい
啄んで欲しい
僕の心を君に
啄んで欲しい

だけど
やっぱり保護色で身を守ってしまうのは
啄まれなかった時の言い訳のためなんだ

君を本当に信頼できたら
僕の病気は治るかもしれない
君と本当に信頼しあえたら…

人を信じるのが怖かった僕は
ふさわしい保護色人として
今日も生きている

俺がレコードを探す理由(わけ)

聴いてみたいのさ
俺の声を
本当の本当の
俺の声を
だけど喉が邪魔をする
俺の声はどこにあるのか？

俺がレコードを探すのは
誰かが俺の声を
吹き込んでくれているかもしれないからさ

突然スピーカーから
俺の声が飛び出す
ずっと出会いを
待っていたものさ
そんな瞬間を夢見て
今日も俺はレコードを探す

キレイな声なんてイラナイのさ
俺の望むのは
血の滲(にじ)み出るような弾(はじ)けたそういうやつさ

聴かせてあげたい
俺の声を

本当の本当の
俺の声を
聴いて欲しいのさ
君だけには
君だけには
君だけには

カルチャー・ブギ

立ち止まって
背伸びをして
しゃがみ込めば
芸術家

二歩進んで
三歩下がって
右を向けば
小説家

君も明日（あした）から文化人さ
君も明日から
マスコミの波を乗りこなすサーファー

へばりついて
左を見て
丸呑みすれば
評論家

かじりついて
消化せずに
吐き出すなら
宗教家

君も明日(あした)から文化人さ
君も明日から
偶像のソフトを操るユーザー

振り返って
何も見ずに
駆け出すなら
教育者

凧(たこ)を揚(あ)げて
風も見ずに
糸を切れば
哲学者

君も明日（あした）から文化人さ
君も明日から
金のラッパを吹き鳴らすプレイヤー

ユートピアン・ブルース

笑わせんなよ
夢がないなんて
笑わせんなよ
夢がないなんて
俺たちゃみんなもう
息も出来ゃしないのさ

冗談じゃねぇよ
破裂しそうなんて
冗談じゃねぇよ

破裂しそうなんて
俺たちゃみんなもう
黒旗立ててるよ

飴で包(くる)んだ
苦(にが)よもぎを
お前は何食わぬ顔で差し出す

Oh 笑わせんなよ
夢がないなんて
俺たちゃみんなもう
息も出来ゃしないのさ

冗談じゃねぇよ

気が狂いそうなんて
笑わせんなよ
気が狂いそうなんて
俺たちゃみんなもう
黒旗立ててるよ！

Ah〜Ah，Ah〜Ah…

※註　「苦よもぎ」とは新約聖書黙示録第八章に登場する、世界に大いなる苦難をもたらす一つの〝大きな星〟の名。ウクライナ語では〝チェルノブイリ〟。
「黒旗」とはアナーキズム（無政府主義）の象徴。

インターネット・ブルース

よう、兄弟！
お前が食べたその木の実の味は
どうだい？
あいつが言ってたようにお前さん神に
なれたかい？

よう、大将！
お前が集めた蝶を欲しがる奴は
邪魔でしょう？
いつものように消去したらお前さん鏡を

見たでしょう？

よう、先生！
あんたがバラまいたウイルスは
日本製
あんたが望んだ名誉は毒の花粉をまとう
女子高生

よう、爺さん！
あんたが恋したフラミンゴは
蒸気船
夢のクスリを手に入れりゃグルでもなんでも
上機嫌

よう、兄弟！
あんたが垂れ流したガセネタは
元気かい？
ダボハゼのように鬼共がそれに食い付いたの
知ってるかい？

よう、大将！
お前さんその馬を乗りこなすなんて
無理でしょう
本当はとうに落とされて実は瀕死（ひんし）の重傷
なんでしょう？

よう、先生！
あんたが造ったそのシステムの名は

未完成
世界は一つになったけど俺たちの頭は
部族制

よう、爺さん！
あんたが夢見るシャングリ・ラは
日本産
どんなに淋しくたって魂を売るのは
おサルさん

よう、兄弟！
お前が食べたその木の実の味は
どうだい？
あいつが言ってたようにお前さん神に

なれたかい？
あいつが言ってたようにお前さん神に
なれたかい？

割れた鏡

俺は誰の言葉も信じないぜ
絶望の果てに君はそう叫ぶ
俺は誰の行為(おこない)も認めない
握りしめたノートに君はそう記(しる)す

うつむく君の眼差(まなざ)しは
暗い暗い闇の影だけとらえる
色めく君の握りこぶしは
赤い赤い血の丈(たけ)だけ集める

だって君の目の前にあるのは
あの日砕けた割れた鏡だけ
そうさ君の目の前にあるのは
明日(あした)を引き裂く割れた鏡だけ

俺は誰の理想も信じないね
薄ら笑いを浮かべ君は言う
俺は誰の権威も認めない
破り捨てた辞書にそう記(しる)して

火を吹く君の冷(さ)めた詩は
長い長い夜への幕を切り裂く
ざわめく君のまぼろしは

遠い遠い悪夢を呼び覚ます

だって君の目の前にあるのは
あの時貼（は）りついた割れた鏡だけ

誰も止められない
君の自滅への道
誰も越えられない
あなたの魂への河

だって君の日の前にあるのは
あの日砕けた割れた鏡だけ
そうさ君の目の前にあるのは
あなたを引き裂く割れた鏡だけ

Sweet Love Song

どうしても
この俺には
信じられないことだけど
君のことが
頭から
離れない

初めて
出会った瞬間（とき）
ヤバイ思いがしたのさ
君のことが

心から
離れない

俺は馬鹿な男さ
ずっと忘れられないくせに
その顔を見ると
いつでも冷たくしたくなる

どうしても
この俺には
言えない言葉だけど
君のことを
憎むほど
愛してる！

アイリーン

どうしてわからなかったんだよ?
アイリーン
どうしてわからなかったんだよ?
アイリーン
お前の鈴を外せるのは
この俺だけだってことが

どうして出て行っちまったんだよ?
アイリーン
どうして出て行っちまったんだよ?
アイリーン

お前の泣く声が俺には今も
聞こえてるんだよ

アイリーン、Hey　hey　hey
細い腕を飾り立てて
アイリーン、No　no　no
弱い息を隠し続ける
お前の泣く声がこの俺にはずっと
聞こえてるんだよ

どうして疑わなかったんだよ?
アイリーン
どうして疑わなかったんだよ?

アイリーン
あいつの甘い言葉がスカスカに
浮いてたことを

どうして気付かなかったんだよ？
アイリーン
どうして気付かなかったんだよ？
アイリーン
お前の鈴を鳴らせるのは
この俺だけだってことが

アイリーン、Hey hey hey
細い腕を飾り立てて
アイリーン、No no no

弱い息を隠し続ける
お前の泣く声がこの俺にはずっと
聞こえてるんだよ

きこえるかい？

地下鉄
蹉跌（さてつ）
途轍（とてつ）もない
そう、コミュニケーション
バケツ
金欠（きんけつ）
負けず嫌いなカルキュレーション
自由
浮遊（ふゆう）
キュー自在（じざい）なビルゼン・マリア

記憶
左翼
欲深(よくぶか)なお前よ
きこえるかい？

突然
起源
ご機嫌になるサーキュレーション
危険
人権
保険野郎のレボリューション
トマト
鳩
カマトト味(あじ)のマグダレーナ

白く
脆(もろ)く
挑発的なあんた
きこえるかい？

カルト
バルト
触(さわ)ると危険なプリテンション
クッパ
ブッダ
すったもんだの反メディテーション
解脱(げだつ)
顚末(てんまつ)
目立つだけのジャンヌ・ダルク

鈍く
広く
ろくでなしなあんた
きこえるかい？

太古
サイコ
迷子（まいご）の果てのトランスレーション
道理
憎離（ぞうり）
狂気の糧（かて）のシビライゼーション
イズム
水（みず）
傷だらけの聖ポカホンタス

黒く
のろく
ロートレックな君よ
きこえるかい？

V

オリーブの樹を植えるため

オリーブの樹を植えるため

国を出たのは十二の時
こんなところにはいられねぇ
多くのことを教えられ
多くのことを取り消され
No　No　No 俺にはわからないよ
なぜ彼だけが悪党なのか？
昨日までは聖者のように
俺たち崇(あが)めていただろう？

船を出たのは十五の時

新大陸を目指すため
黄金の希望を抱いて
多くの仮病を抱え
No　No　No 俺にはわからないよ
なぜここが暗黒なのか？
誰も見たことの無いこの空を
誰もが知ってるって言う

小屋を建てたのは十九の時
オリーブの樹を植えるため
多くの肥料を埋めて
多くの希望をかけて
No　No　No 俺にはわからないよ
なぜまた剣を研ぐ？

昨日までは鎌や鋤(すき)だけを持っていたその手で

帰国したのは二十(はたち)の時
俺はボロボロになっていた
だけど俺は見つけたのさ
けして奪われることのないものを
No　No　No　俺にはわからないよ
なぜ俺は目を閉じたのか？
昨日まで吹き荒れてた闇は
その閉じた目の中にある
昨日まで吹き荒れてた闇は
その閉じた目の中にある！

嵐の中で

嵐の中で震えてた
硝子(ガラス)の雲を払いながら
穴だらけの傘を差し
泥まみれの壁に怯(おび)えていた

どうしてこんな朝を
俺たちは迎えたんだよ?

嵐の中で立ち尽くす
瓦礫(がれき)の山を見つめながら

後悔だらけの火の玉と
恥知らずの無知な司令官
どうしてこんな明日を
俺たちは夢見たんだよ？

嵐の中で隠れてた
ビクターナンバー82
ハイドパークの紙きれと
焼け爛れたどす黒い空

どうしてこんな雨を
俺たちは降らせたんだよ？

※註　「ビクターナンバー82」とは第二次世界大戦末期、原爆投下用のB29につけられたコードナンバーのこと。通称〝エノラ・ゲイ〟。
「ハイドパーク」とは同じく第二次世界大戦当時、ルーズベルトの別荘があったニューヨーク州ハイドパークのことで、原爆完成のあかつきにはその投下目標を日本とすることに最終同意した協定文書（ハイドパーク協定）にルーズベルト、チャーチルの米英両首脳が署名した場所としても知られる。

幻想のフリーウェイ

午前二時、幻想の扉を俺は開ける
みなしごが聖地を目指すように
ロンドンは霧の中
超高層ビルの群れ
俺は一人夢の中
光の群れ
二百マイルのスピードに火を点けろ！
フリーのモードに出会う前に
マイルスの苛立ちが倦怠を引き裂く

巡礼者が極点を目指すように
マドリッドは虹の中
エルサレムの橋の上
俺は一人雲の中
荒馬の背
二百マイルのスピードに火を点けろ！
フリーのモードに出会うために

午前四時、幻想の国旗を俺は燃やす
暴れ馬がローマを目指すように
ベルリンは闇の中
ニューヨークは山羊の群れ
俺は一人海の中
阿修羅の群れ

二百マイルのスピードに火を点けろ！
フリーのモードに触れるために

無知の涙

灰色の街だった
俺が生まれた場所は
プラスティックの風吹く小さな島
澄み渡る青空が
かつてそこに在(あ)ったなんて
知りもせず
ただ風に吹かれてた
紅蓮(ぐれん)の風が俺を閉じ込めたのさ
君がそれに触れるまで

虹色の夢だった
俺が信じた夢は
アインシュタインと火を吹く白い馬
透き通る現実が
目を上げればあるなんて
知りもせず
ただ夢に浮かれてた
紅蓮の風が俺を閉じ込めたのさ
君がそれを見つけるまで

それは血と水だった
俺が流した涙は
ドメスティックな色の無知の涙
牙を剝く大地が

かつてそこに在ったなんて
知りもせず
ただ泥に塗れてた
紅蓮の風が俺を閉じ込めたのさ
君がそれを抱きしめるまで
紅蓮の風が俺を閉じ込めたのさ
君がそれを抱きしめるまで

※註　二〇一一年三月一一日に勃発した東日本大震災とその余波の大津波、そして福島第一原発事故の壊滅的被害に強く衝撃を受け、元々は実存的な内面をテーマにしていた詩にその終末的なイメージを加え完成させた一篇。

Ⅵ

さよなら青い鳥

Goodby Bluebird ～さよなら青い鳥

気がついたら肩の上に
止まっていたよ青い鳥
ベルベットな羽、震(ふる)わせ
餌をねだってた
吸い込まれそうな濃(こ)い青
くりっと光るつぶらな瞳(め)
甘く囁(ささや)く歌声に
心奪われ
青い鳥は嘘が好きで
法螺(ほら)を吹くと嬉しがった

そのしぐさがあまりにも
愛しく思えて
僕は年中法螺ばかり
吹いて部屋を満たしていた
その時だけ虚しさから逃れられたさ

歌ってよ！　青い鳥
君の歌声だけ
真の現実と思えたさ
君は自由そのもの

気がついたら僕は人を
避けて暮らし始めていた
青い鳥の歌をもっと

はっきり聴くため
気がついたら肩の上に
止まっていたよ青い鳥
孤独な僕の目の奥に
住みついてしまった
今も
いつも
朝も
夜も
いつも
今も…

夏の夕暮れ

誰にも癒やせない傷痕を晒して
夏の夕暮れに俺は歩き出すのさ
この胸の痛みが時を運ぶ
干からびて震えてる
君のもとへ

誰より錆びついた足枷をぶら下げて
夏の夕暮れに俺は歩き出すのさ
この胸の渇きが雲を運ぶ
太陽に囚われた
君のもとへ

彼女は旅立ちの時をむかえていた

最後の涙をふいて
あの娘は部屋を後にした
明かりはつけたままで
窓は閉ざしたまま
自由な空気を浴びて
はじめて空に怯えたさ
広さよりも温もりを
あの娘は求めていたから

愛されたことも
裏切られたことも

あの娘は責めないけれど
ただ言えることは
旅立ちの時を
彼女はむかえてたのさ

朝の光を浴びて
小さな部屋に立ち尽くす
明かりはつけたままで
窓は閉ざしたまま
誰のせいでもないと
彼は目を伏せてつぶやいた
義務ではない温もりに
無知な怯えた声で

愛されたことも
裏切られたことも
あの娘は責めないけれど
ただ言えることは
旅立ちの時を
彼女はむかえてたのさ

二度と会うこともない
彼氏の写真をしまい
窓を流れる景色の果てに
心を飛ばす
誰のせいでもないと
あの娘は一人つぶやいた
彼女は旅立ちの時をむかえていたのだから

誰よりも誰よりも

誰より
誰よりも
わかって欲しいあなた
破れたボタンより
ガラクタな家

買ったばかりの服を破り
食べたばかりの愛情を吐き
今、宙を舞う心
つぎはぎの城

誰よりも
誰よりも
信じていたからこそ
誰よりも
誰よりも
許せずに復讐の賽(さい)を投げるよ
あなたの前に

モノクロームの写真
幸せだった頃の記憶
今、宙を舞う
パンドラの夢

砂漠の大地より
乾ききった言葉に埋もれ
今、宙を舞う
壊れた心

誰よりも
誰よりも
愛していたからこそ
誰よりも
誰よりも
許せずに復讐の賽(さい)を投げるよ
あなたの前に

誰より

誰よりも
わかって欲しいあなた
破れたボタンより
ガラクタな家
La la la la la …

愛しの C.f. ガール

なんて素敵なC.f.ガール
一度だけ僕とデートしてくれよ
Oh My C.f.ガール
その前に知り合わなきゃいけないね
君は僕を知らないけど
Oh My C.f.ガール

僕は君のことをずっと見ているんだよ
毎日ね

なんて素敵なC.f.ガール
君と一緒に暮らせたなら
Oh My C.f.ガール
その前に君の手を一度握ってみたいんだ
Oh My C.f.ガール

僕は君を見るために
テレビにかじりついてるのさ

なんて素敵なC.f.ガール
一度でいいから君と話せたらね
Oh My C.f.ガール
その前に君の髪を一度触ってみたいんだ
Oh My C.f.ガール

僕は君の薦めるものは全て
買い揃えているのさ

シャンプーだって
石鹸だって
車だって…Oh My C.f.ガール
電子レンジだって
ステレオだって
エアコンだって…Oh My C.f.ガール

だからお願いさ
僕の素敵な、Ah　C.f.ガール…

好奇心

あなたの好奇心が
私の心に影をつくる
あなたの好奇心が
私の鏡を曇らせる
あなたの好奇心が
私の糧を湿気らせる
あなたの好奇心が
私の権利を腐らせる

暇なあなたは

暇じゃない私の時間を濁す
暇なあなたは
暇じゃない私の部屋を散らかす
暇なあなたは
暇じゃない私のバケツに穴を開ける

好奇心
好奇心
誰もが持ってる毒の花粉

あなたの心を乱してスマナイと思います
あなたの心を乱してスマナイと思います

愛の鼓動

君って暗いね
何もしゃべらない
退屈しちゃうな
ねぇ何とかしてよ…
君はとても
綺麗(きれい)な目をしてるのに
出てくる言葉は
君じゃないみたいだね

僕は勇気出して

話し始めた
空っぽの話しを
君は満足そうに笑う
一つだけ本当に
用意していた言葉も
同じように君は
聞いて笑う

何がそんなに
おかしいのかい？
僕にはわからない
君がわからない
きっと…
君はとても

綺麗な目をしてるから
踏みにじられたことが
一度もないんだね
一度もないんだね
とても…可哀想なんだね

Ⅶ

エクソダス～脱出

ポジティヴ・ヴァイブレーション

君がどんなやつなんてことは俺にはわからないけれど
君の叫びを俺は感じてる
君がどんな時代に生まれどんな夢を見てたかなんて
デルフォイの巫女（みこ）さえ語れはしないだろう
だって君は最後に微笑（ほほえ）むんだろ？
二度と取り引きはしないんだろ？
だって君は今生まれたのさ！
Oh…このちっぽけな星を蹴飛（けと）ばし！

愛と平和を叫び続ける愚か者になれるのなら

ナポレオンよりも遠くへ行けるだろう
君がどんな時代に生まれどんな夢を見てたかなんて
ボブ・ディランにさえ歌えはしないのさ
だって君は最後に微笑むんだろ？
二度と取り引きはしないいんだろ？
だって君は今渡ったのさ！
Oh…あの大いなる河を確かに！

語りえぬ沈黙を枕に
青い空を見上げる
忘れかけた詩(うた)を探して
静かに目覚める時
わかるさ！
本当の願いが…！

だから君は今までの殻に閉じ籠もってちゃダメなのさ
新しい世界が君を待ってるから
君がどんな時代に生まれどんな夢を見てたかなんて
未来の誰かにはなんの意味もない
だって君は最後に微笑むんだろ？
二度と取り引きはしないんだろ？
だって君は今生まれたのさ
Oh…この大いなる空の真下で！

ホーリー・マウンテン～聖地への旅

Wow wow wow wow …
真っ白な雲に包まれ
君はその日見るだろう
満天の星の光にそっとベールを上げて

やれるさ！
きっと必ず
その海を渡るのさ

黄金の海が割れたら

二人で山に登ろう
満天の星の光をちょっとシュールに染めて
Wow wow wow wow …

嵐の中でも
この歌うたえば
いつかは必ず
その場所へ辿(たど)り着けるのさ

会えるさ！
きっと必ず
あの山の向こう側で…

荘厳な響きを聴いたら

あの日を呼び覚まそう
満天の星の光にそっとベールを脱いで
Wow wow wow wow …

小さなことから始めよう

小さなことから始めよう
大きなことから考えて
明日を乗りこなすのさ
　アン、ドゥ、トロワ！
Hey　hey

大きなことから考えて
小さなことから始めよう
チャンスの先を行くのさ
アインス、ツヴァイ、ドライ！

Hey　hey
あの街（まち）この街（まち）旅をして
そのたびマッチに火を点（つ）けて
奇跡の幕を燃やせよ
ワン、トゥ、…ファイア！
Hey　hey

海はそこから始まっている
君が船を出したその時から…

大きな嵐を乗りきって
小さな虹を見つけよう
魔法を試してみなよ

レット・ゼア・ビー・ライト！

Hey　hey

小さなことから始めよう
大きなことから考えて
明日(あした)を乗りこなすのさ
アン、ドゥ、トロワ！

Hey　hey
Hey　hey
Hey　hey

エクソダス〜脱出

目を閉じて舌を突き出して
Yeah
ガラクタのような身体を丸めて
気取ったセリフを吐き出して
Yeah
お前の心を小さく丸めて
逃げろ！
すぐに
石になる前に
逃げろ！

すぐに
蝶のように舞って

ふざけたオーラに火を点(つ)けて
Yeah
萎(しぼ)んだ心で天地を掴(つか)んで
砕けた言葉を書きとめて
Yeah
魂の声にリズムを感じて
逃げろ！
すぐに
壁になる前に
逃げろ！
すぐに

雲のように浮かんで

出ていくんだ！
すぐに
土砂降りになる前に
見上げるんだ！
星を
山の上で叫んで

狂った記憶を打ち明けて
Yeah
虹色に染まる大地を叩いて
隠した歴史を吐き出して
Yeah

お前の心をミサイルに乗せて
逃げろ！
すぐに
王になる前に
逃げろ！
すぐに
海の中を歩いて

そこから出るんだ！

大丈夫さ
悪くないさ
うつむいてばかりいないで
君の一言（ひとこと）を待っているはずだよ
誰でもない君のその一言をずっと

顔をあげてりゃ何だって
通り過ぎていくものさ
早くそのことに
気が付くことだよ

誰でもない君のその力を信じて

さぁ、勇気を出して
そこから出るんだ！
誰でもない君のその言葉を響かせ

誰も笑ったりしないさ
君が決めたことなんだろう
さぁ、勇気を出して
飛び込むことだよ
誰でもない君のその力を響かせ…。

モービィ・デック

二万マイルの海を越えお前は旅に出る
空には南十字星
大海原に叫びを
荒ぶるその嘆きと
スコール浴びながら
今、虹の真下にいるのさ
そうさ、お前はモービィ・デック
嵐の中で出会う！

銀河に埋もれた孤独をお前は見つめてる

百億の光を浴びて
彗星のように燃えて
オリオンと戯(たわむ)れ
アンドロメダを抱きしめて
今、極点に立つ瞬間
そうさ、お前はモービィ・デック
嵐の中で叫ぶ！

いつかこの手で捕まえるまで
お前と探し続けるのさ
地の果て、世界の果てまで
Ah　モービィ・デック

白鯨のように海を自由に塗り替える

太古の虹を探して
アルバトロスの群れを追い
新大陸の彼方
天地の始まりまで
今、世界の果てにいるのさ
そうさ、お前はモービィ・デック
嵐の中で踊る！

終わらないお前との旅
終わらないお前との時
終わらないお前との夢
終わらない…Woo　モービィ・デック

ステンドグラス・ソング

静かに歩き出そう
　息をひそめ
　　青い光の中で
静かに目を開ければ
ほら、見えるだろう
　虹色の扉が
そうさ
　探してたのさ
　　泥にまみれて
ずっと

迷路の中を
いつも
彷徨(さまよ)いながら

シャガールの恋人たちを
追いかけて
　歩き始めた僕らは
聳(そび)え立つ王国を
ポケットに入れ
　大空を翔ける夢を見る

そうさ
　愛してたのさ
　　暗闇の中で

ずっと
声も立てず
いつか
夜明けの道を…

静かに歩き出そう
声を合わせ
淡い光を浴びて
静かに窓を開ければ
ほら、わかるだろう
探してた愛が
そこに

Ⅷ

希望の翼

大事なことは一つだけ

大事なことは
一つだけ
お前を見つけたことさ
大事なことは
一つだけ
お前を抱きしめることさ
嵐の夜でも
土砂降りの中でも
迷わず一つだけ…ほら！

大事なことは
一つだけ
お前が生まれたことさ
大事なことは
一つだけ
お前が生きてることさ
傷つけ合っても
胸が張り裂けても
迷わず一つだけ…ほら！

厚い雲を突き抜けて
青い空の真下で話そう

大事なことは

一つだけ
お前と出会えたことさ
大事なことは
一つだけ
お前を離さないことさ
空を引き裂いて
海が分かれても
迷わず一つだけ…ほら！

To You

ねぇ君
少しだけ
話しをしてみないか
握り締めた手を
開(ひら)いて泳いでみないか？
ずっと一人で
踊っていたいのかい？
涙を溜(た)めすぎると
嫌な約束を
する羽目(はめ)になるよ

ねぇ君
一つだけ
叶う夢があるなら
そっと
僕にだけ
打ち明けてみないか?
たった一人で
握りしめてるよりも
一緒に温めれば
綺麗な花が
きっと咲くよ

君の大空を

早く僕に見せてくれよ
君が自由に
羽ばたく姿を
すぐに見たいのさ
Tru ru ru ru …

ねぇ君
一度だけ
ドアを開けてみないか？
世界を包み込む風を感じてみないか？
きっと一人なら
微笑（ほほえ）んでいるはずさ
思っているよりも
君の笑顔はいかしてるんだよ

ねぇ君
最後まで
その役を演じるのかい？
誰も
そんなことは
決めつけられはしないのに
じっと全てが終わるのを待つのかい？
君の背中には
白い翼がついてるんだよ

君の大空を
早く僕に見せてくれよ
君が自由に

輝く姿をすぐに見たいから
Tru ru ru ru …

ポップソング

大切な
大切な
大切な言葉を
　言えなかった
そして
繰り返し
繰り返し
繰り返し君を
　振り回してた
あの頃

今は何も言わず
一度も声をたてず
夏の日を
目を閉じて
君は日傘(ひがさ)をさしてやり過ごしてた

大切な
大切な
大切な夢を
　追いかけていた
そして
繰り返し
繰り返し

繰り返し君を
　笑わせていた
　　あの頃

誰も何も言わず
一度も花を摘まず
夏の日に
目を閉じて
君は草原の中一人去った

大切な
大切な
大切な言葉を
　言えなかった

そして
繰り返し
繰り返し
繰り返し君を
　振り回してた
　　あの頃

大切な
大切な
大切な夢を
　追いかけていた
そして
繰り返し
繰り返し

繰り返し君を
笑わせていた
あの頃
あの頃
あの頃…。

ロスト・ジェネレーション（立ち上がれ！）

立ち上がれ！　立ち上がれ！　立ち上がれ！
立ち上がれ！
　Yeah yeah
立ち上がれ！　立ち上がれ！
Hey, brothers & sisters
立ち上がれ！　立ち上がれ！　立ち上がれ！
立ち上がれ！
　Yeah yeah
立ち上がれ！　立ち上がれ！
Hey, brothers & sisters

どんなに永く繋がれてたんだ
百年、そう百年
どんな夢を見てたんだよ？
どんなに空気を読んでも百年、そう百年
どんな船に乗ったんだよ？

立ち上がれ！　立ち上がれ！　立ち上がれ！
立ち上がれ！
　Yeah yeah
立ち上がれ！　立ち上がれ！
　Hey, brothers & sisters
立ち上がれ！　立ち上がれ！　立ち上がれ！
立ち上がれ！
　Yeah yeah

立ち上がれ！　立ち上がれ！
　Hey, brothers & sisters

今から四十六億年前
大地が生まれた、生まれた
俺たちの星が生まれた
最初に生まれた生命(いのち)は何(なん)だかわからない、わからない
だけど、それが俺たちの始まりさ

立ち上がれ！　立ち上がれ！　立ち上がれ！
立ち上がれ！
　Yeah yeah
立ち上がれ！　立ち上がれ！
　Hey, brothers & sisters

立ち上がれ！　立ち上がれ！　立ち上がれ！
立ち上がれ！
　Yeah yeah
立ち上がれ！　立ち上がれ！
　Hey, brothers & sisters

禁断の実を食べるまで
幸せに暮らしてた
アダムとイヴはきっと君と俺
最初に人を殺したカインの大義は、大義は
きっと今もここにある

立ち上がれ！　立ち上がれ！　立ち上がれ！
立ち上がれ！

Yeah yeah
立ち上がれ！　立ち上がれ！
Hey, brothers & sisters
立ち上がれ！　立ち上がれ！　立ち上がれ！
立ち上がれ！
Yeah yeah
立ち上がれ！　立ち上がれ！
Hey, brothers & sisters

どんなに君を愛しても
あと百年、そう百年
この悲しみは終わらない
どんなに君が叫んでも
あと百年、そう百年

この悲しみは止まらない

立ち上がれ！　立ち上がれ！　立ち上がれ！
立ち上がれ！
　Yeah yeah
立ち上がれ！　立ち上がれ！
Hey, brothers & sisters
立ち上がれ！　立ち上がれ！　立ち上がれ！
立ち上がれ！
　Yeah yeah
立ち上がれ！　立ち上がれ！
Hey, brothers & sisters
立ち上がれ！　立ち上がれ！

君が生まれた日

君が生まれた日
大きな喜びがあった
君が生まれた日
誰もが何かを感じた

回り続けるのさ
回り続けるのさ
woo woo woo

君が生まれた日

大きな光が舞った

思い出せるかい？
太古の遠い記憶を
思い出せるかい？
宇宙の深い音色を

回り続けるのさ
回り続けるのさ
woo woo woo

思い出せるかい？
裸で生まれてきたことを

君が生まれた日
大きな喜びがあった
君が生まれた日
誰もが何かを感じた

希望の翼

夜（よ）が明けたなら
春は飛び立ち
夏に籠（こも）って
秋が生まれる
空を舞う幻想と
泣いてる子供たち
その日限りの歌を口ずさむのさ

霧が晴れたら
空を見上げる

光を浴びて
誰かを探す
地を這う幻さえ
絶望を奏でても
その日限りの詩を書きとめるのさ

明日世界が
終わるとしても
愛する人に
夢を語ろう
空を舞う幻想と
泣いている子供たち
その日限りの歌を伝え合うのさ

※註　「たとえ明日、世界が終わりになろうとも、私はリンゴの木を植える」と言う16世紀の宗教改革者マルチン・ルターの言葉にインスパイアされて作った一篇。

傷だらけのダイヤモンドリング

また一つ
君のことが
わからなくなってきた
最初から
君はとても
不思議な人だったけど
こんなダメなオレを
小さな子供のように信じてる
Ah…君にオレなんて似合わないのさ

何一つ
君の夢を
叶えてあげられない
また今日も
君のことを傷つけてしまうだけ
こんなダメなオレに
天使のような寝顔を見せている
Ah…君にオレなんて似合わないのさ

ただ一つ
君のことを
守っていきたいのに
何一つ
今のオレは

誇れるものがない
こんなダメなオレを
世界一誇りに思ってる
Ah…君にオレなんて似合わないのさ
Ah…君にオレなんて似合わないのさ

Ⅸ

永遠を見つけるために

永遠を見つけるために

永遠を見つけるために
僕らは公園のベンチに座った
永遠を見つけるために
そして僕らは永遠について考えた

永遠を見つけるために
僕らはタバコに火を点けた
永遠を見つけるために
そして僕らは永遠について討論をした

永遠を見つけるために
僕らはくすぐり合った
永遠を見つけるために
そして僕らは永遠について涙を流した

永遠を見つけるために
僕らはしりとりを始めた
永遠を見つけるために
そして僕らは永遠について慰め合った

永遠を見つけるために
僕らは動物園行きのバスに乗った
永遠を見つけるために
そして僕らは永遠について希望を持った

永遠を見つけるために
僕らはそこで一緒に写真を撮ってもらった
永遠を見つけるために
そして僕らは永遠についてからかい合った

永遠を見つけるために
僕らはアイスキャンディーを買った
永遠を見つけるために
そして僕らは永遠について背伸びをした

永遠を見つけるために
僕らは犬と散歩に出かけた
永遠を見つけるために

そして僕らは永遠について深呼吸をした

永遠を見つけるために
僕らは野良猫を拾った
永遠を見つけるために
そして僕らは永遠について名前をつけた

永遠を見つけるために
僕らは軽く罵り合った
永遠を見つけるために
そして僕らは永遠について軽く失望した

永遠を見つけるために
僕らは沢山辞書を買い込んだ

永遠を見つけるために
そして僕らは永遠について迷子になった

永遠を見つけるために
僕らは深く傷つけ合った
永遠を見つけるために
そして僕らは永遠について絶望した

永遠を見つけるために
僕らは銃をとった
永遠を見つけるために
そして僕らは永遠について闘争を始めた

永遠を見つけるために

僕らは黒いバリケードを築いた
永遠を見つけるために
そして僕らは永遠について科学的な実験を試みた

永遠を見つけるために
僕らは永遠と取り引きを始めた
永遠を見つけるために
そして僕らは永遠について何も感じなくなった

永遠を見つけるために
僕らは永遠を発明した
永遠を見つけるために
そして僕らは永遠について二度と考えようとしなくなった

永遠を見つけるために
僕らは公園のベンチに座った
永遠を見つけるために
そして僕らは
永遠について…。

二十一世紀のスパルタクス

空を見上げて
虹を探して
暗い森をまっしぐら
地獄めぐりをするにはまだ早い
片手だけのシャングリ・ラ
歯を食いしばれよ
お前の過去が今
宙に舞い上がる
泣いて
笑って
傷を晒(さら)して

滲(にじ)む駱駝(らくだ)と針の穴

時を超えて
声を嗄(か)らして
ノアのように笑われて
陸地を探して
四千年の孤独を枕にひと休み
ドアを叩き続けなよ
禿鷹(はげたか)どもが集まる海を越え
泣いて
笑って
地図を燃やして
舞い上がるのさスパルタクス
Na na na na na...

銀色の記憶

待ち合わせの場所
辿(たど)り着いた日は
思い出すことは黄金(きん)の箱に
あまりにも遠すぎて…。

隠してきた場所
打ち明ける時は
花を咲かせた銀の箱に
あまりにも永(なが)すぎて…。

今もあの時の道を

俺は歩いているけど
もう一度逢えたなら
許してほしい
傷つけたこと
それは
銀色の記憶

今もあの時の歌を
俺は歌い続けているけど
もう一度会えたなら
笑ってほしい
愚かだったこと
それは
銀色の記憶

絶対君は知っている

絶対君は知っている
　一千年前のこと
バグダードの砂山(すなやま)で
　バリケードを築いてたこと
La la la la la …

絶対君は知っている
　一千年前のこと
カスピ海のど真ん中で
　カンツォーネを歌ってたこと

La la la la la …

絶対君は知っている
　一千年前のこと
ラ・マンチャの風車(ふうしゃ)に一人
　戦いを挑んでたこと
La la la la la …

長い夢から醒めたら
軽いあくびと重い扉を開いて
深い光の中で背伸びをしよう
遠い国から来たのは
青い時代と古い記憶を燃やして
淡い希望にすがるためなんかじゃないのさ

さぁ、帆を上げ進め！
どこまでもどこまでも風に吹かれ
さぁ、帆を上げ歌え！
Na na na na na …

絶対君は知っている
　一千年前のこと
ベツレヘムの片隅で
　一人、舌を出してたこと
La la la la la …

Ah　時空(とき)を超えていつか必ず
またにめぐり逢える日が

きっと来るのさ！
La la la la la la …

絶対君は知っている
　一千年前のこと
スフィンクスの足元で
　寝転んで夢見てたこと
La la la la la la …
La la la la la la …

After the Outbreak ～夜明け前

夜明け前に
城を建て
夜明け前に
船を出す

あれはいったい
何(なん)の光
俺はいったい
何処(どこ)にいる？

夜明け前に
穴を出て
夜明け前に
虹を抱く

夜明け前に
空を見て
夜明け前に
帆を上げる

あれはいったい
何の叫び
君はいったい

今、何処(どこ)へ
夜明け前に
爪を研(と)ぎ
夜明け前に
月を撃つ

暗い森を抜けて～Beyond the Pandemic

暗い森を抜けて走っていく
遠い空の果てを見上げながら
誰もいない街を何度も乗り越えてきた
思い出すのは二十世紀
俺のギターは漏(も)れた吐息(といき)
生まれたての赤子のように手を叩くのさ
唇(くちびる)を震(ふる)わせて

それはひどい嵐の夜だった
俺は暗い穴で震えていた

誰もが口を隠して途方に暮れていた
都会は静寂に満ちて
世界は灼熱（しゃくねつ）に燃えて
生まれたての赤子が愛を探すみたいに
唇を噛みしめて

晴れた空を見上げて
跳び上がる！
欠けた月を探して
舞い上がれ！

暗い森を抜けて走っていく
空には虹が遥か彼方まで
誰もいない広場を七色（なないろ）に照らしてた

思い出すのは二十世紀
俺のギターは漏れた吐息
生まれたての赤子のように手を叩くのさ
唇を震わせて
唇を震わせて
唇を震わせて

Oh　ディライラ

Oh　ディライラ
お前は
Oh　ディライラ
光を
Oh　ディライラ
いつでもばら撒（ま）く
Ah　天使のふりして
Oh　ディライラ
お前は

Oh　ディライラ
　怒りを
Oh　ディライラ
　何度も刷り込む
Ah　女神の顔して

Oh　ディライラ
　お前は
Oh　ディライラ
　自由を
Oh　ディライラ
　そっともてあそぶ
Ah　隠したカードで

それでもお前が
ドアを叩くなら
地獄の火の中にでも
俺は天を見る

Oh　ディライラ
お前は
Oh　ディライラ
大地を
Oh　ディライラ
何度も震わせる
Ah　天が呻（うめ）くまで
Ah　天が呻くまで

インマヌエル

時
記憶
太古の夢
月
希望
戦士の恋
虹
自由
幽玄(ゆうげん)の舞(まい)
ずっと踊り続けよう

夜明けまで

愛

祈り

エデンの門

海

未来

ライムライト

雲

モナム

無限の時

きっと分かり合えるさ

最後まで

花
涙
見果てぬ夢
河
笑い
ライ麦畑
空
ラ・メール
夜明けの海
さぁ、今帆を上げ共に
旅立とう

雪
奇跡

キリマンジャロ
夢
迷路
ロートレアモン
星
徴(しるし)
詩人の舞(まい)
やっと、今、僕らは
めぐり逢えたのさ…。

胡蝶（こちょう）の夢

蝶が舞ってるのさ
欠けた羽
広げて
空は知ってるのさ
彼女が飛べたことを

低く
そして高く
誰も見えない空を
深く

そして青い
誰も知らない園（その）へ

花が咲いてるのさ
折れた枝
起こして
風は知ってるのさ
彼が生きてたことを

青く
そして淡く
誰も描（か）けない色で
黄色く
そして甘い

誰もが酔う香りで
君の父親(バイチコ)は
もう帰ってはこない
歌い続けよう
この哀しみの詩(うた)を

※註　「バイチコ」とは「父親」のウクライナ語。

武漢（ぶかん）のバットちゃんのブルース

武漢のバットちゃんを
覚えているかい？
武漢のバットちゃんを
覚えているかい？
最初はずっと
隠されてたもの

武漢の医師（ドクター）リー・ウェン・リャンが声を上げた
武漢の医師（ドクター）リー・ウェン・リャンが声を上げた
だけどすぐにそれは
なかったことにされた

世界は呑気(のんき)に
クリスマスを祝ってた
世界は呑気に
クリスマスを祝ってた
武漢は既(すで)に
地獄と化してた

ヨーロッパでは
ウクライナが炎に包まれ
ヨーロッパでは
ウクライナが炎に包まれ
武漢のバットちゃんから
わずか二年後のこと

誰も彼もが不安で
天に唾(つば)を吐いてたのさ
誰も彼もが不安で
天に唾を吐いてたのさ
すぐに俺たちは
そのことを思い知った

いったいいつまで
この物語は続くのか?
いったいいつまで
この物語は続くのか?
きっと隠されてたもの全てが
露(あら)わになるまで

武漢のバットちゃんを
覚えているかい?
武漢のバットちゃんを
覚えているかい?
最初はずっと
隠されてたもの

※註　「武漢のバットちゃん」とは二〇一九年一二月より中国の武漢で突如蔓延した謎の肺炎の原因が、当初武漢の海鮮市場で売られていたタヌキなどの動物が野生のコウモリ(バットちゃん)より未知のウイルスをうつされ中間宿主と化して、そこから何らかの理由で人間へと感染して広まったと言われていたことからのネーミング。
「リー・ウェン・リャン(李文亮)」とは武漢の眼科医師でその新型コロナウイルスの発生を最初に世界に告発、警告した勇気ある人物。すぐに中国当局から処罰され、直後に自身もコロナに感染し亡くなった。

L. O. V. E. Peace Generation

L.　O.　V.　E.（エル、オー、ヴィ、イー、）
Boon!　boon!　boon!　boon!（ブーン、ブーン、ブ〜〜ン、ブーン、）
Do!　do!　do!　do!（ドゥ、ドゥ、ドゥ、ドゥ、）
Pee　pee　peace!（ピー、ピー、ピース、）
Fight on!（ファイト・オン！）

L.　O.　V.　E.（エル、オー、ヴィ、イー、）
Boon!　boon!　boon!　boon!（ブーン、ブーン、ブ〜〜ン、ブーン、）
Do!　do!　do!　do!（ドゥ、ドゥ、ドゥ、ドゥ、）
Pee　pee　peace!（ピー、ピー、ピース、）

Fight on!（ファイト・オン！）

ミサイルが飛んできても
ミサイルが飛んできても
ミサイルが飛んできても
ミサイルが飛んできても

L.　O.　V.　E.
Boon!　boon!　boon!　boon!
Do!　do!　do!　do!
Pee　pee　peace!
Fight on!

L.　O.　V.　E.

Boon! boon! boon! boon!
Do! do! do! do!
Pee pee peace!
Fight on!

戦争が始まっても
戦争が始まっても
戦争が始まっても
戦争が始まっても

L. O. V. E.
Boon! boon! boon! boon!
Do! do! do! do!
Pee pee peace!

Fight on!

L. O. V. E.
Boon! boon! boon! boon!
Do! do! do! do!
Pee pee peace!
Fight on!

ごまかされるんじゃねえよ
未来を創るんだろ

ロケットに乗っていこうぜ
ロケットに乗っていこうぜ

ロケットに乗っていこうぜ
ロケットに乗っていこうぜ

L. O. V. E.
Boon! boon! boon! boon!
Do! do! do! do!
Pee pee peace!
Fight on!

L. O. V. E.
Boon! boon! boon! boon!
Do! do! do! do!
Pee pee peace!
Fight on!

L.　O.　V.　E.
Boon!　boon!　boon!　boon!
Do!　do!　do!　do!
Pee　pee　peace!
Fight on!

L.　O.　V.　E.
Boon!　boon!　boon!　boon!
Do!　do!　do!　do!
Pee　pee　peace!
Fight on!

X　ダイナマイト！

ダイナマイト！

ダイナマイト！
お前の一言（ひとこと）が
ダイナマイト！
世界を変えるのさ
ダイナマイト！
誰もが待っている
ダイナマイト！
その小さな一言を
さぁ、
ダイナマイト！

投げつけるんだ
ダイナマイト！
　勇気を出して
ダイナマイト！
　君が持っている力は
世界を変えるダイナマイト！

ダイナマイト！
小さな微笑(ほほえ)みが
ダイナマイト！
山を砕くんだよ
ダイナマイト！
世界は待っている
ダイナマイト！

その小さな笑顔を
さぁ、
ダイナマイト！
　投げつけるんだ
ダイナマイト！
　あらんかぎりの
ダイナマイト！
　君が持っている力は
山を砕くダイナマイト！

ダイナマイト！
お前の決断が
ダイナマイト！
闇を照らすんだよ

ダイナマイト！
誰もが待っている
ダイナマイト！
その燃える心を
さぁ、
ダイナマイト！
　投げつけるんだ
ダイナマイト！
　振り返らずに
ダイナマイト！
　君が持っている力は
闇を照らすダイナマイト！
ダ・ダ・ダ・ダ・ダ・ダ・ダ

ダイナマイト！　yeah
ダ・ダ・ダ・ダ・ダ・ダ・ダ
ダイナマイト！　yeah
ダ・ダ・ダ・ダ・ダ・ダ・ダ
ダイナマイト！
ダ・ダ・ダ・ダ・ダ・ダ・ダ
ダイナマイト！
ダ・ダ・ダ・ダ・ダ・ダ・ダ
ダイナマイト！　yeah

エヴァンジェリンの哀歌

地下鉄を降り
ざわめきを抜け
疲れ切った
右手を抱(だ)いて
買ったばかりの
パンを温め
今日一日の
ため息をほどく

遠い昔に

誓ったあの人は
きっと何処かで
同じ夢を見てる
Ah　エヴァンジェリン
エヴァンジェリン

小さな部屋の
明かりを灯し
渇ききった
目もとを見つめ
数え切れない
鏡の中で
悲しみだけが

満ち溢れる

遠い昔に
　誓ったあの人は
きっと何処かで
　同じ夢を見てる
Ah　エヴァンジェリン
　　エヴァンジェリン

遠い星の何処かで
君は生まれ変わり
満たされた温(ぬく)もりの
中で微笑(ほほえ)む

光に満ちた
記憶をたどり
荒(すさ)みきった
希望をなぞり
たった一度の
祝福の瞬間(とき)を
胸に抱きしめ
荒れ野を彷徨(さまよ)う

遠い昔に
　誓ったあの人は
きっと何処かで

同じ夢を見てる

Ah エヴァンジェリン

エヴァンジェリン

※註 「エヴァンジェリン」とは女性の名前で、十九世紀の北米詩人ロングフェローが書いた哀詩『エヴァンジェリン』の主人公よりインスパイアされたもの。

晒(さら)し者

俺は晒し者
俺は笑い者
晒してくれ
笑ってくれ

俺は無
俺は何者でもない
俺は影
俺は結果

木のようになりたい
削られても
蹴られても
罵声(ばせい)浴びせかけられても
啄(ついば)まれても
巣を作られても
虫に喰い荒らされても
ブランコにされても
誰にでも差別なく
木陰(こかげ)をつくってやれるような樹(き)に

俺は晒し者
俺は笑い者

晒してくれ
笑ってくれ

俺は無
俺は何者でもない
俺は影
俺は結果

在るがままに生き
植えられた場所に咲き
雨の日も
風の日も
一言も文句を言わず
何度裏切られても

永遠の友情を示し
生命(いのち)を誇り続ける
憩(いこ)いの場所を求めず
自らが憩いの場所となる
あの偉大な樹に！

愚かであることは美しい
その美しさが醜い俺の心に沁(し)みる

俺は晒し者
俺は笑い者
晒してくれ
笑ってくれ

GLORY DAY

思い出せよ
愛してたことを
思い出せよ
笑ってたことを
思い出せよ
信じてたことを
誰よりも美しく輝いていたことを

生まれた時
泣いていたんだろ?

生まれた時
叫んでただろう？
生まれた時
見つめてたんだろう？
何よりも真っ直ぐな光が届く場所を

さぁ、出かけようか？
栄光の日には
しぼんだ奇跡を取り戻し
どこまでも闇をこえてさ！

本当は隠したくなかったのさ
本当は誇りに思ってた

本当は抱きしめたかったのさ
誰よりも狂おしく舞い上がっていた空で

生まれた時
笑っていたんだよ
生まれた時
輝いてたさ
生まれた時
わかっていたんだよ
何よりも真っ直ぐな願いが届く場所を

さぁ、出かけようか?
栄光の日には
しぼんだ奇跡を取り戻し

どこまでも闇をこえてさ！

La la la la …
Glory day,
Glory day,
Glory day…

最後の夜は…

最後の夜は
夜明けまで
灯をともしていよう
温かな香りの珈琲を
淹れてあげよう

街の灯りが
一つ一つ
消えていっても
僕らは最後まで

目を覚ましていよう
太陽が
静かに
沈むように…

翼を休め
羽ばたき合えた時を
語り合って
朝を迎えようか

太陽が
静かに
沈むように…

出会った頃の
夢をもう一度思い出そう
最後の夜は
沈黙の中で
虹を見よう

最後の夜は　ｍｍｍｍ…

XI

今日ぬ誇らしゃや永遠(とわ)にあらしたぼれ

飛翔のテーマ

今こそ
その扉を開け
大空へと舞い上がれ
誰もが
夢見た場所で
お前は叫ぶのさ

さぁ、この瞬間(とき)を
その腕に
抱き止めてくれ

恐れず
迷うことなく
その海を渡るのさ

誰もが
夢見た場所に
立つ日が来た時は
両手を
高く上げるのさ
幸せを引き寄せて
さぁ、この瞬間(とき)を
その手で

抱き寄せてくれ
燃え上がる星のように
この海を照らすのさ

Ah　黒潮の
Ah　星たちよ

雄々(おお)しく
力の限り
その山を登るのさ
燃え上がる星のように
明日(あした)をつかみとれ

※註　この詩は、母校、鹿児島県立大島高等学校野球部が第86回選抜高校野球大会（２０１４年）に21世紀枠で初出場を決めた際に作った応援歌からのもの。（因みに「小さなことから始めよう」もその際に作った一篇）奄美勢では史上初となった甲子園でのこの記念すべき初戦は同大会の優勝校となる強豪、龍谷大平安（京都）とのいきなりの対戦に。大方の予想を覆し中盤初めまでは取られたら取り返すの互角の展開で善戦するも結果２―16で敗退。しかし点差が大きく開いても最後の一人まで諦めず全力で挑み続けた球児たちの気迫溢れるプレーと相手高の校歌が流れる際、手拍子と拍手で勝者を惜しみなく称えたその応援団のマナー溢れる行為は称賛を浴び、大島高校応援団は同大会の応援団賞最優秀賞を受賞した。因みに大島高校野球部は８年後の第94回選抜高校野球大会（２０２２年）では特別枠ではなく予選を全て勝ち抜いての本出場（２回目）を見事に決め堂々甲子園に返り咲く。

アサバナロック

ヨーハレー
拝(うが)みんしょら
ヤー、ワキャー島人(しまちゅん)きゃ
夕(ゆ)べや稀(ま)れ稀れじゃんがィ
語(かた)りんしょろ
遊(あす)びしょろ
Yeah　yeah　yeah

ヨーハレー
思(うむ)いぬまま

ヤー、ワキャーなりゅんなれば
朝宵(しかまよね)通(か)よてぃ
語り欲(ぶ)しゃ
遊(あす)び欲(ぶ)しゃや
Wow　wow　wow

Oh My Love, Girl
想(うむ)いんしょれ
Oh My Sweet Heart
踊(うどぅ)り欲(ぶ)しゃや
美(きょ)らさよ

ヨーハレー
懐(なち)かしゃや

ヤー、ワキャー島唄(しまうた)ぐゎ
昔、親(うや)、祖先(ぶじ)んきぬ曲(ま)げぬ
美(きょ)らさ
唄(うた)　美(きょ)らさや
Wow　wow　wow

Oh My Love, Girl
想(うむ)いんしょれ
Oh My Sweet Heart
踊(うどぅ)り欲(ぶ)しゃや
美(きょ)らさよ

アンネ　アンネ　アンネ　アンネ…
Oh〜Oh〜Oh〜Oh〜Oh〜…

※註

これは奄美島唄「朝花節（あさばな）」に補詞を加えロックの歌詞にアレンジしてみたものです。元唄部の共通語訳は「こんにちは島の人たちよ。今夜は久しぶりではありませんか、さぁ、一緒に語って下さい、歌って下さい。／思いのままになるならば、朝晩あなたのところに通って、語り合い、歌いあいたいものです。／懐かしいのはしま唄。昔の親祖先の節まわしのきれいなこと、唄のきれいなこと。」（『奄美民謡総覧』指宿良彦監修 南方新社）

今日ぬ誇らしゃや永遠(とわ)にあらしたぼれ

We are going
We are sailing

深い森を抜け出かけよう
太古の海の彼方(かなた)へと
汝(な)きゃ唄に声合わせ…ヨイスラ
ウナリ神(がみ)の子供(くどぅむ)らと…ヨイスラ

We are going
We are sailing

思い出せばいいのさ
君が扉を開けた日を…。

今日ぬ誇らしゃや
いちめりむ勝り
いちむこうぐうとに
あらしたぼれ

We are going
We are sailing
We…

※註

「ウナリ（姉妹）神」とは奄美・沖縄で信仰されている護り神のこと。

「今日ぬ誇らしゃやいちめりむ勝りいちむこうぐうとにあらしたぼれ」とは奄美に古くから伝わる祝い言葉。「今日の誇らしさはいつにも増して素晴らしい。いつも今日のように良き日でありますように」の意。

Ⅻ　ザ・リターン・オブ・ユリシーズ

自由の歌

いいのさ
今日はこれで
いいのさ
よくやったじゃないか
目を閉じて
深く息を吐いて
今日はおしまい

いいのさ
今日は今日で

いいのさ
風に身をまかそう
力をぬいて
生まれたてのように
風に身をまかそう

泣いたっていいのさ
身をよじらせて
思い出せばいい
ほら、見えるだろう
かすかなその記憶が
遠くを照らしてる
深い光に声を合わせよう
自由の歌をうたえるように

La la la la…

いいのさ
今はそれで
いいのさ
よくやれたじゃないか
顔を上げて
深く息を吸って
今日はおしまい

いいのさ
それはそれで
いいのさ

目を閉じて笑おう
力を抜いて
その血が止まるまで
目を閉じて笑おう

幸せはいつも
逃げ足が速いけど
陽が昇る前に
思い出せばいいのさ
羽ばたくその奇跡を
それが始まり
深い光に声を合わせよう
自由の歌をうたえるために
La la la la la…

アルバトロス

どうしてわからないんだよ?
Oh yeah
どうしてわからないんだよ?
Ah hah
そこに扉があるってことが
今がその時なんだってことが

国境線で迷子になってたんだろう
気球に乗って月を見上げてたんだろう

どうして探さないんだよ？
　Oh yeah
どうして探さないんだよ？
　Ah hah
お前の大切なものなんだろう
お前のカケラなんだろう

百年たったら思い出せばいいのさ
アルバトロスのように空を舞ったこと

どうして叫ばないんだよ？
　Oh yeah
どうして叫ばないんだよ？
　Ah hah

そこにリズムがあるっていうのに
そこに川が流れてるっていうのに

偉くなっちまったな
いつの間(ま)にかすっかり
昔は裸で一人、震えていたのに…

百年たったら思い出せばいいのさ
アルバトロスのように空を舞ったこと

どうしてわからないんだよ?
Oh yeah
どうしてわからないんだよ?
Ah hah

そこに扉があるってことが
今がその時なんだってことが

オリーブの園（その）で

はにかむ月で君は
青空を見上げる
辛い日々はもう
終わりをつげたのさ

大切な言葉を
守ってきたんだね
誰よりも孤独な
その眼差（まなざ）しで

言葉には出来ない
かげろうを抱(だ)いて
土砂降りの森を
さ迷い歩く

昨日までの雨は
幻(まぼろし)だったのか
忘れていた笑顔を
僕らは浴びる

ありのままの姿で
太陽を浴びて
僕らは新しい歌をうたう

もう離さないから
君のことはずっと
僕らは出会ったのさ
オリーブの園で
オリーブの園で
オリーブの園で

君のために歌をつくったのさ

Oh My love,
Oh My, my love
もうテレビは消して話をしようよ
夢を
夢を見たのさ
そう君がいなくなった日の夢をね
ずっと
ずっと歩いてた
Ah…たった一人で無人の街をさ
だって

だって無理もない
そこは君のいない世界だから
そんな
そんな顔するなよ
Ah…目が覚めたら君は眠っていた

だけど
だけどいつか
そんな日が来るんだろうか?
もう二度と
二度とケンカはよそう
mm…そんな時間は僕らにはないから
君に
君に言わなきゃならないことで

使ってしまうだろう
だから
だから僕はすぐに
そう、君のために歌をつくったのさ

Oh My love,
Oh My, my love
もうテレビは消して話をしようよ
さぁ、テレビは消して話をしようよ

ユリシーズの帰還

ステュクスの水を飲んで
お前はステントルのように叫んだ!
ステュクスの水を飲んで
お前はステントルのように叫んだ!

色とりどりの国を俺は呑み込んだ
色とりどりの街を俺は飛び越えた
色とりどりの空を俺は泳いだ

見ていてくれたかい?

俺は呑み込んだんだ
信じてくれるかい?
俺は飛び越えたのさ
Ah~Ah~Ah~Ah~

パレスチナの平原が見える
アラブの大富豪がそう叫ぶ
ワシントンの乞食が笑う
ニューオリンズのラッパの音(ね)が響く

今まで知りたくもないものだけを
知らされてきた
目覚めれば消えるものだけに
夢中だった

叩けば砕けるものだけを
愛してきた

だけど俺は変わったのさ
君と出会ってから
俺はわかったのさ
君と出会ったから
Ah～Ah～Ah～Ah～

太陽の光を浴びて
お前はユリシーズの旅を終えた
太陽の光を浴びて
お前はユリシーズの旅を終えた

だけど俺は変わったのさ
君と出会ってから
だけど俺はわかったのさ
君と出会ったから

太陽の光を浴びて
お前はユリシーズの旅を終えた
太陽の光を浴びて
お前はユリシーズの旅を終えた

※註 「ステュクスの水」とはギリシャ神話の冥界に流れる河（ステュクス）の

水のことで、特にその支流レテの水を飲むと現世の記憶を全て忘却し生まれ変わるとされる。

「ステントル」とはギリシャ神話に登場する英雄の一人で鋼のような大声を持つ者。

あとがきにかえて

～何故自分は詩を書き始め路上に出たのか

四角い箱の中で震えてた頃
　外では透明な水が降り注ぎ
　　太陽のかけらが舞っていた
箱の中では
　空気が重たく毛布のようで
　　冷たい孤独を温めてくれる
出ておいでよ！　と声がする
　太陽の下（もと）、
　　プリズムのように

誰かが叫んでいる
線路を守る敷石のような匂いと
そこに生える雑草の温もりが
遠くから微(かす)かにじんわり漂ってくる
それは遠い遠い記憶のようで
時間のせせらぎがさらさらとほのかに響く
だけど箱の中では
時間は重たく鎖(くさり)のようで
自分の心は深海生物の如く水底(みなぞこ)へ
この箱と一緒に出て行ければいいのだけれど
時間のせせらぎと
ひそやかに吹く空気の中を
一人ではとても泳いではいけない
一歩踏み出す前に

吐く息が白く冷たく凍り付くのだ
時間と空気が淀(よど)んだ深海に留まりながら
詩を書き始めた
夢の中で見た
線路を守る敷石のような匂いと
そこに生える雑草の温もりを
描いてみたい
と思ったのだ
何篇も何篇も書いているうちに
いつの間にか寒くなくなっていた
それはこの小さな箱の中の世界を
残らず吸収してしまったかのようで
まるで一匹の蛹(さなぎ)にでも変化したかのようだった
そして初めて

時間のせせらぎと
ひそやかに吹く空気の中を
泳いでみたいと思う

その思いが
どうしょうもなく
どうしょうもなく
大きくなった時
この殻を破って外へ出なければならない時が来たことを感じた
そして
ある日目撃した
十字路に単独、屹立（きつりつ）する
盲目の路上シンガーの咆哮（ほうこう）
それはまるで
生きる神話

自分が求めていたもの全てが
　確かにそこにあったのだ
そして
何かに憑かれたかのように奮い立ち
　夢の中にでもいるかの如く
自分も
　ギターを持ち、
　　路上へと…。

日常がギラギラ溢れかえる雑踏と現実の中
あまりの羞恥と恐怖に凍りつく
勇気を出して立ち止まり
　ギターケースを震える手で開けるまで
　　永劫の業火の中をくぐり抜けるかの如く

しかし
　一曲歌い終えた頃
　　不思議に恐れは
　　　消えていたのだ…。

それから歌い続けて二十八年

　ここにその言葉たちを一冊の本にまとめることが出来たことに今は信じられない思いでいっぱいです。この本は挑戦でもあり、自分にとってはまた一つの奇跡でもあります。まだ何も知らない十四の頃、落書きだらけのノートの片隅に書きとめていた言葉が確かにありました。今改めてその言葉を反すうしながらその不思議を思います。今はただただ心からの感謝と敬意を全ての愛する人たちへ…。

船を出そう
船を出そう
大陸へ渡るんだ
あの人も
言ってたよ
ここも昔は大陸だったたって

後記

この初詩集『漂流詩人の唄』は自分がシンガーソングライターとして活動を始めてから発表した四枚のオリジナルアルバムと一枚のミニアルバム中に収められた自作詞全てに、ＣＤ未収録、未発表、演奏を前提としない朗読詩や自由詩などを含めた全八十二篇を、十二章からなる一つの「詩集」としてまとめてみたものです。（内二篇「序にかえて」は詩と言うより自分を奮い立たせるために古いノートの冒頭にいつか書きなぐっていた檄文で、「あとがきにかえて」は書いている内に詩になってしまった書き下ろしです。）

自分が世に出した初めてのＣＤは二〇〇五年リリースの『ザ・リターン・オブ・ユリシーズ』でしたが、Ⅱ章冒頭の「航海詩」にも記したようにその二年前に手作りのカセット集『インディペンデンス・デイ』を少部数初めて自主制作しています。この詩集ではそこに収録した十二篇から始める構成にしました。その後、前半（Ⅱ〜Ⅵ）は未発表の初期の詩篇を中心に自伝的な朗読詩を含むフォーク調のものからロックバンドを想定した激しい詩、反戦歌、未完となった空想上のコンセプトアルバム『さよなら青い鳥』用の内省的なリリック、そして後半（Ⅶ〜Ⅻ）は実際に世に出した各アルバムの括りでまとめました。（但し既発の各アルバムで発表された詩で前半部に配置された詩も沢山あります。）またその順番は4th↓3rd↓2nd↓1stとあえて逆流していく流れにしています。そしてその間に現時点での最新の歌詞群や前半に入れられなかった朗読詩などをⅨ章に、そして、故郷奄美島唄の歌詞をベースに補詞を加えロック化したものや母校の甲子園初出場を祝った応援歌など〝奄美〟をテーマにした三篇をⅪ章にまとめています。

二〇二〇年より本格化した新型コロナウイルスのパンデミックにより音楽活動の休止を余儀なくせられ、初めて今までの活動を顧みる時間を得、一つの区切りとして集大成的な歌詞集の出版を思い立ったのがそもそもの始まりでした。そしてその構想が未発表の自由詩なども含めたオリジナルな作品集へと膨らんでいき、最終的にこのような自分の中では最もプライベート色が強いものになりました。しかし、この二〇二三年、つまり故郷、奄美群島日本復帰七十周年と言う節目の年だからこそ、この私的な作品集を上梓したくも思ったのです。それは本土復帰運動に学生代表で尽力した自分の父、愛三（あいぞう）への感謝と敬意を示したく思ったからです。故郷の日本復帰と言う大きなことのために闘った父と、自分と言うちっぽけな存在をなんとかするためにあがき続けた自分とはとうてい比べるまでもありませんが、今回のパンデミックに加え二〇二二年に勃発したロシアによるウクライナ侵攻以降、初めて戦争と言うものを身近に感じ、それまでの価値観が少なからず揺らいだ自分の内面に改めて一つの大きな勇気と励ましを与えてくれた若き日の父の情熱に、私的なものでも小さな足跡をここで一度まとめ自分なりのレスポンスとして捧げてみたく思ったからです。それはもちろん他でもないこの自分が次のステップに進んでいくためにも必要なことであったと信じるが故に。

いずれにしましても、この裸の言葉たちを集めた小さな本を手に取って下さった方の心に、もし一篇でも、一フレーズでも響くものがあったとしたのなら、それは自分にとってこの上ない無上の喜びです。

最後にこのような贅沢な形で一冊の詩集をこの自分が刊行することが出来ましたのはひとえに「ふらんす堂」さまとの出会いがあったからに他なりません。代表の山岡喜美子さま、編集を担当して下さった横尾文己（あやき）さまには心より感謝いたします。また今回表紙にデザインされました肖像写真を撮って下さったのはフォトグラファーの長濱治さんです。ありがとうございました。また自分の中では基層文化にもなりつつある故郷奄美と島唄の世界について全く無知であった自分に多くの知見を与えて下さった株式会社セントフル楽器の指宿（いぶすき）正樹さん、母校への応援歌を作ることなど強く勧めて下さったりと怯む自分の背中を折に触れ押していただけました音楽評論家の藤田正さん、「あなたはまずは詩集を出すべきなんじゃない?」とその最初から自分の日本語歌詞を評価して詩集の刊行をずっと待ち続けてくれていたライブハウス『アミズ・バー』のオーナー、阿見紀代子さん、そして何よりもそんな自分の歌をずっと聴きに来て下さった有難い皆様方のおかげで今回の出版が実現しましたこと、ここに心から感謝申し上げます。

最後に心より敬愛する両親、愛三、康子(意識するしないにかかわらず自分の根底にあり詩を生み出す力となっているカトリックの信仰はこの母と祖母、勝忠子(ただこ)より幼児の頃にいただいたものです。)にこの小著を謹んで捧げます。

二〇二三年一一月一一日(奄美群島日本復帰七十周年の年に記す)

築 秋雄

著者略歴

築　秋雄（ちく・あきお）

1966年12月20日生まれ。奄美大島出身。中学の時にビートルズに影響を受け作曲を始める。18歳で上京。その後約10年間引き籠もる。28の頃、アコースティックギターを手に路上に出て歌い始める。2000年に東京吉祥寺のライブハウス曼荼羅（まんだら）のオーディションに受かり定期的にオリジナルライブを開始、現在に至る。2006年には1st CDが『週刊金曜日』で紹介され、2010年には単独欧州ツアー（仏、独）を実現。2013年には劇団文化座公演『GO』のカーテンコールに、2017年にはAbemaTVの番組のエンディングテーマなどにオリジナル楽曲が採用される。近年はオリジナルの他に故郷奄美島唄のアレンジや、中原中也の詩なども歌う。CDは『ザ・リターン・オブ・ユリシーズ』（'05）、『ダイナマイト！』（'08）、『ロスト・ジェネレーション（立ち上がれ！）〜ワイド節』（ミニアルバム '11）、『希望の翼』（'13）、『LIVE IN FRANCE』（'18）、『EXODUS 〜 脱出』（'19）、DVDに『DYNAMITE! LIVE '08.09.13 』（'09）、『Akio CHIKU Euro Tour ASABANA ROCK 2010』（私家版 '10）など。

詩集　漂流詩人の唄　ひょうりゅうしじんのうた

二〇二三年一二月二〇日　初版発行

著　者――築　秋雄

発行人――山岡喜美子

発行所――ふらんす堂

〒182-0002 東京都調布市仙川町一―一五―三八―二F

電　話――〇三（三三二六）九〇六一　ＦＡＸ〇三（三三二六）六九一九

ホームページ http://furansudo.com/　E-mail info@furansudo.com

振　替――〇〇一七〇―一―一八四一七三

装　幀――君嶋真理子

印刷所――日本ハイコム㈱

製本所――大村製本㈱

定　価――本体二五〇〇円＋税

ISBN978-4-7814-1625-0 C0092 ¥2500E

乱丁・落丁本はお取替えいたします。